Leuchtende Herbstzeit

Silke Kobold

frechverlag

Fotos: frechverlag GmbH + Co. Druck KG, 70499 Stuttgart;
Fotostudio Ullrich & Co., Renningen

Dieses Buch enthält:
2 Vorlagenbogen

Materialangaben und Arbeitshinweise in diesem Buch wurden von der Autorin und den Mitarbeitern des Verlags sorgfältig geprüft. Eine Garantie wird jedoch nicht übernommen. Autorin und Verlag können für eventuell auftretende Fehler oder Schäden nicht haftbar gemacht werden. Das Werk und die darin gezeigten Modelle sind urheberrechtlich geschützt. Die Vervielfältigung und Verbreitung ist, außer für private, nicht kommerzielle Zwecke, untersagt und wird zivil- und strafrechtlich verfolgt. Dies gilt insbesondere für eine Verbreitung des Werkes durch Film, Funk und Fernsehen, Fotokopien oder Videoaufzeichnungen sowie für eine gewerbliche Nutzung der gezeigten Modelle.

Auflage: 5. 4. 3. 2. 1. | Letzte Zahlen
Jahr: 2005 2004 2003 2002 2001 | maßgebend

© 2001

frechverlag GmbH + Co. Druck KG, 70499 Stuttgart

ISBN 3-7724-2800-2 · Best.-Nr. 2800

Druck: frechverlag GmbH + Co. Druck KG, 70499 Stuttgart

*L*iebe Bastelbegeisterte!

Leuchtende oder warme Farben bringen an dunklen Herbsttagen freundliches Licht in Ihre Wohnung. Auch Ihre Gäste werden sich gleich bei Ihnen behaglich fühlen, wenn Sie Ihre Zimmer mit Lichtern und transparenten Motiven einladend gestalten.

Sie finden in diesem Buch verschiedene Anwendungsbeispiele für transparente Herbstmotive. Es wird eine große Auswahl an Tischdekorationen und Laternen in den verschiedensten Variationen gezeigt. Viele der gezeigten Laternen können Sie sowohl zur Dekoration verwenden als auch zum Laternenumzug mitnehmen. Auch für ganz kleine Leute sind Laternen dabei!

Ich wünsche Ihnen viel Spaß beim Basteln und Dekorieren. Gestalten Sie sich eine leuchtende Herbstzeit!

Ihre

Silke Hobold

Material und Werkzeug

- Fotokarton
- Wellpappe
- Künstlerkarton

Wahlweise:
- Seidenpapier
- Transparent-papier, farbig
- Faserseide
- Bananenpapier
- Motiv-Transparentpapier oder
- Naturpapier

- Architekten-papier
- Kartonreste
- Klebestift, lösungsmittel-frei
- Klebstoff, tropffrei (z.B. UHU)
- Bleistift

- Schere
- Cutter
- Schneide-unterlage
- Lineal oder Geodreieck
- Zirkel
- Heftklammer
- Zackenschere

KARTON

Bei den Anleitungen für die Bastelarbeiten finden Sie die Angaben für die jeweils verwendeten Materialien.
Selbstverständlich können Sie auch andere Kartonarten verwenden.
Wenn Sie, wie hier bei fast allen Modellen geschehen, die Transparente doppelt ausschneiden möchten, sollte meiner Erfahrung nach die Kartonstärke nicht über 220 g/m² liegen. Siehe dazu auch „Das Ausschneiden der Motive".

PAPIERE ZUM HINTERKLEBEN

Je nach gewünschtem Effekt werden fünf verschiedene Papierarten zum Hinterkleben der transparenten Flächen verwendet. Welche Sorte Sie wählen, bleibt Ihnen überlassen. Grundsätzlich ist es sinnvoll die Papiere mehrfach zu legen, weil dies den Schneidevorgang – besonders bei den dünneren Papieren – erleichtert und ohnehin die Teile immer doppelt oder mehrfach benötigt werden (s. Foto S. 7).

Seidenpapier
Hier haben Sie die größte Farbauswahl. Die Palette läßt sich durch Übereinanderlegen gleichfarbiger und verschiedenfarbiger Papiere noch erweitern. Es ist allerdings sehr weich und Sie sollten es deshalb immer doppelt gelegt ausschneiden.

Transparentpapier
Im Handel sind von dieser Papiersorte bis zu 14 Farbstellungen erhältlich. Es lässt sich leichter schneiden als Seidenpapier und bleicht etwas weniger schnell aus. Auch hier können Sie durch die oben genannte Technik zusätzliche Farbtöne erzielen.

Faserseide
Bis zu 15 verschiedene Farbtöne erhalten Sie von dieser Papierart. Zusätzlich gibt es mehrfarbige Sorten.
Es läßt sich ähnlich wie Transparentpapier verarbeiten, bietet aber durch die eingearbeitete Struktur andere Effekte.

Bananenpapier
Diese Papierart habe ich in elf verschiedenen Farbstellungen im Handel erhalten. Es ist nicht so transparent wie die anderen Arten, hat aber für bestimmte Arbeiten eine schöne Wirkung.

Motiv-Transparentpapier
Diese Papierart ist sehr stabil, lässt sich gut verarbeiten und bietet schöne Effekte ohne großen Arbeitsaufwand.

Bitte beachten Sie:
Generell wird in den Materiallisten bei den Fensterbildern bzw. eindimensionalen Tischlichtern das Material für die einseitige Bearbeitung angegeben. Wenn Sie das Motiv beidseitig arbeiten möchten, rechnen Sie bitte die doppelte Menge an Karton ein.

Das Übertragen der Vorlage

Pausen Sie mithilfe des Architektenpapiers die Umrisse des Motivs ab. Bestreichen Sie dieses flächendeckend mit einem Klebestift und befestigen Sie es auf der Innenseite (glatte Fläche) des Kartons. Legen Sie die andere Hälfte des Kartons (siehe Anleitung „Das Ausschneiden der Motive") mit der geprägten Seite nach innen unter den beklebten Karton und schneiden Sie dann die Linien aus. Das Architektenpapier lässt sich nach Beendigung dieser Arbeit wieder entfernen. Eventuell verbleibende Klebereste befinden sich später an der Innenseite Ihres Werkstücks. Falls Sie ein Motiv mehrfach arbeiten wollen, bietet es sich an, das auf Architektenpapier übertragene Motiv auf einen Kartonrest zu kleben und eine mehrmals zu verwendende Schablone anzufertigen.

Bitte beachen Sie:

Beim Kopieren der Vorlagen für die Laternen ergeben sich durch die Strichbreite bedingte leichte Ungenauigkeiten. Die Zeichnung stimmt also nicht auf den Millimeter genau mit den angegebenen Maßen überein. Durch das Übertragen der Vorlage können sich weitere Maßveränderungen ergeben.

Das hat im folgenden Bereich Bedeutung: Auf den Zeichnungen der Mittelstreifen für die Laternen finden Sie die Markierungen für das Einknicken des Streifens nach innen. Sie sollten vorerst immer nur den Anfang des Streifens an der angegebenen Stelle nach innen legen. Das Ende wird erst ganz zum Schluss nach innen gebogen, wenn Sie beim Ankleben das letzte Zähnchen erreicht haben. Falls Ihr Streifen etwas länger oder etwas kürzer geworden ist als angegeben, können Sie auf diese Weise leicht eine Korrektur vornehmen.

Das Ausschneiden der Motive

Außer bei der Wellpappe wurde bei allen Motiven der Karton doppelt ausgeschnitten. Das erspart einen Arbeitsgang und hat zudem den Vorteil, dass beide Seiten gleich aussehen und genau zueinander passen.

Übertragen Sie hierzu die Umrisse des Motivs auf einen Karton und legen Sie ihn dann doppelt. Befestigen Sie die beiden Hälften mit Heftklammern aufeinander.

Für das Herausschneiden der Felder eignet sich am besten ein Cutter. Beginnen Sie immer mit den innen liegenden Feldern und arbeiten Sie von dort aus zum Rand des Motivs hin. Die Bleistiftlinien sollten hierbei immer vor der Klinge liegen, weil Sie so deren Verlauf besser verfolgen können.

Die Außenlinien lassen sich in der Regel besser mit einer Schere ausschneiden.

Das Hinterkleben mit transparentem Papier

Wenn Sie alle Felder des Motivs ausgeschnitten haben, legen Sie es mit der Vorderseite nach unten auf eine weiße Unterlage, so können Sie die Umrisse der zu beklebenden Flächen und Stege gut erkennen. Legen Sie das transparente Papier auf und zeichnen Sie auf den Stegen bzw. entlang der Felder mit einem Bleistift die erforderliche Größe ein.

Bei sehr dunklen Farbtönen empfiehlt es sich diesen Vorgang zunächst auf einem Stück Architektenpapier auszuführen. Legen Sie je nach Bedarf mehrere Stücke des transparenten Papiers übereinander. Auf das oben liegende Teil legen Sie die auf das Architektenpapier gezeichnete Schablone und schneiden dann die Form aus. So können Sie zum Beispiel in einem Arbeitsschritt vier bis sechs kleine Sonnenblumen für die Kerzenständer oder die Serviettenringe herstellen.

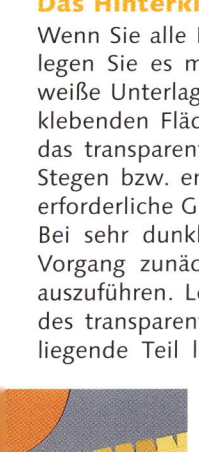

Zum Befestigen des transparenten Papiers verwenden Sie vorzugsweise einen lösungsmittelfreien Klebestift. Wenden Sie gleich nach dem Bekleben eines Feldes Ihr Werkstück. Falls sich etwas Klebstoff auf der Vorderseite befindet, können Sie diesen dann mit dem Finger abreiben.

Bitte beachten Sie:

Kerzenlicht hinter transparenten Bildern und in Laternen aus Karton und Papier sieht sehr schön aus, birgt aber immer eine Gefahr. Schon ein kleiner Luftzug kann hier einen Brand verursachen. Sie können dieses Risiko wesentlich verringern, indem Sie Teelichter in kleine durchsichtige Gläser stellen. So kann das Papier nicht so leicht entflammen und die Laternen stehen stabiler.
Auch sollten Sie zur Vorsicht immer einen Krug mit Wasser in der Nähe stehen haben.

Grundsätzlich können Sie alle hier gezeigten Laternen sowohl zum Aufstellen als auch zum Tragen beim Laternenumzug verwenden. Allerdings sind, ausgenommen des Motiv-Transparentpapiers, alle anderen transparenten Papiere wasserempfindlich und deshalb für Regenwetter nicht geeignet. Besonders empfindlich ist das Seidenpapier.

Mondlaterne

Fertigen Sie zunächst die blauen- und orangefarbenen Umrandungen an. Achten Sie beim Übertragen der Schablone darauf, dass die jeweils obere und untere Mitte der Schablone auf den senkrechten Linien der Wellpappe liegt.

Mein Tipp:
Schneiden Sie die Innenteile dieser Laterne vorzugsweise mit einem Cutter aus. So können Sie die Reste noch für weitere beschriebene Arbeiten verwenden.

Befestigen Sie jeweils diese beiden Ringe aufeinander und bekleben Sie die Innenseite mit Faserseide. Kleben Sie die Gesichter und die Sterne auf. Arbeiten Sie dann den Mittelteil der Laterne.

Für das Zusammenfügen der einzelnen Teile benötigen Sie zwei Streifen aus Tonkarton, die auf einer Seite Zacken haben. Schneiden Sie diese wie angegeben aus und biegen Sie die Zacken im rechten Winkel nach oben. Befestigen Sie den gerade geschnittenen Teil des Streifens mit Klebstoff an dem Mittelstreifen. Die Seitenteile der Laterne werden dann an den Zacken befestigt.

Wenn Sie diese Laterne zum Aufstellen benutzen wollen, können Sie die untere mittlere Zacke etwas kürzen.

Motivdurchmesser
ca. 28 cm

Material
- Wellpappe in A3: blau und orange
- Faserseide in A3: gelb
- Künstlerkarton in A4: gelb, weiß und schwarz
- Naturpapierreste: blau, orange und rot

Vorlagenbogen 1A

Tischlaterne „Mond und Sterne"

Motivdurchmesser
ca. 22 cm

Material
- Wellpappe in A3: blau
- Seidenpapier in A4: gelb und sonnengelb

Vorlagenbogen 1A

Hier können Sie die Reste der Mondlaterne verwenden.
Schneiden Sie die inneren Linien mit einem Cutter aus und hinterkleben Sie die Felder.
Das Zusammensetzen der einzelnen Teile erfolgt wie bei der Mondlaterne beschrieben.
Jeweils drei der ausgeschnittenen kleinen Sterne der Vorder- und Rückseite werden als Verzierung auf das transparente Feld des Mittelteils geklebt.

Tisch-
dekoration
mit
Sonnen-
blumen

Motivdurchmesser
ca. 20 cm

Material
- Wellpappe in A4: orange (s. Tipp S. 8)
- Seidenpapier in A4: gelb
- Bananenpapier in A4: braun, orange und dunkelgrün

Vorlagenbogen 2B

SONNENBLUMENLATERNE

Für diese Laterne können Sie den Rest der orangefarbenen Wellpappe der Mondlaterne (S. 8/9) verwenden. Schneiden Sie die innere Linie des Kreises mit dem Cutter aus. Zeichnen Sie die erforderliche Größe für das gelbe Transparent auf das Seidenpapier, legen Sie dieses vierfach (für jede Seite benötigen Sie zwei Teile) und schneiden Sie es aus.
Arbeiten Sie nun die Teile der Sonnenblume in der angegebenen Zahl. Befestigen Sie sie laut Vorlagenbogen auf einem Seidenpapier, bringen Sie dieses auf der Rückseite der Wellpappe an und kleben Sie das zweite Seidenpapierteil dann ebenfalls auf.
Das Zusammensetzen der Laterne finden Sie bei der Mondlaterne (S. 8) beschrieben.

SERVIETTENHALTER

Hierfür können Sie die Reste der Sonnenblumenlaterne verwenden. Zusätzlich benötigen Sie zwei Streifen orangefarbener Wellpappe als Mittelteil.
Achten Sie beim Aufzeichnen der Schablone auf den Verlauf der Wellenlinien. Falten Sie den längeren Streifen entlang der eingezeichneten Innenlinien mit der welligen Seite nach innen. Schließen Sie die oben liegende offene Seite mit dem kleinen Streifen Wellpappe, dessen wellige Seite nach oben zeigt.

Motivgröße
ca. 15 cm

Material
- Wellpappe in A4: orange
- Künstlerkarton in A4: gelb
- Bananenpapier in A4: dunkelgrün, braun und orange

Vorlagenbogen 2B

Motivhöhen
ca. 6,5 cm, 8,5 cm, 10 cm

Material
- Wellpappe in A3: orange
- Naturbast in Gelb
- Bananenpapierreste: orange, braun und dunkelgrün
- Teelicht

Vorlagenbogen 2B

KERZENSTÄNDER

Für die Kerzenständer benötigen Sie zunächst einen Streifen Wellpappe in der Länge von 40 cm (Wellenlinien senkrecht). Die Breiten (gleich Höhe des Ständer) betragen hier 10 cm, 8,5 cm und 6,5 cm. Legen Sie sich ein Naturbastband mit 45 cm Länge zurecht. Wickeln Sie den Streifen Wellpappe um ein Teelicht (er liegt dann dreifach) und befestigen Sie das Ende mit Klebstoff. Binden Sie nun das Bastband um die Rolle.
(Fortsetzung auf S. 12)

Damit das Teelicht nicht nach unten rutscht, müssen Sie jeweils einen zweiten Streifen ausschneiden. Die Breite des Streifens sollte hier jeweils ca. 1,7 cm weniger betragen, also 8,3 cm, 6,8 cm und 4,8 cm, die Länge beträgt 45 cm. Dieser Streifen wird einfach zusammengerollt und von unten in die durch das Zusammenkleben des ersten Streifens entstandene Röhre gesteckt. Bitte probieren Sie die Höhe der Innenrolle aus. Der Metallrand des Teelichts sollte aus Sicherheitsgründen etwas herausschauen.
Fertigen Sie laut Zeichnung eine kleine Blume aus Bananenpapier an und befestigen Sie diese mit Klebstoff auf der Schleife.

SERVIETTENRING

Motivbreite

ca. 5 cm

Material

- Wellpappe in A3: orange
- Naturbast in Gelb
- Bananenpapierreste: dunkelgrün, braun und orange
- Teelicht

Vorlagenbogen 2B

Für den Serviettenring benötigen Sie einen Streifen Wellpappe, der 45 cm lang ist (Wellenlinien senkrecht) und 5 cm breit. Schließen und verzieren Sie die Rolle wie beim Kerzenständer beschrieben.

Motivgröße

ca. 26,5 cm x 18 cm

Material

- Künstlerkarton in A4: schwarz
- Seidenpapierreste: gelb, orange und grün
- Motiv-Transparentpapier in A4: Wolken

Vorlagenbogen 1B

Transparente Aufsteller

SONNEN-BLUME

Kopieren Sie das Motiv vom Vorlagenbogen und übertragen Sie es auf den Karton. Legen Sie den Karton doppelt und schneiden Sie die Linien mit dem Cutter in folgender Reihenfolge aus: Innenfelder Sonnenblume, Innenfelder Blätter, Innenfelder Zaun, restliche Felder. Der Außenrand wird vorzugsweise mit einer Schere ausgeschnitten.
Bekleben Sie die Rückseite einer Kartonhälfte mit Seiden- bzw. Motiv-Transparentpapier. Befestigen Sie dann die andere Kartonhälfte ebenfalls auf der Rückseite und falten Sie die Seitenteile des Motivs leicht nach innen, sodass das Bild vor einer Kerze stehen kann.
Beachten Sie hier bitte besonders die Hinweise in der allgemeinen Anleitung zu den Punkten „Das Ausschneiden der Motive" und dem vorsichtigen Umgang mit Kerzen (S. 6/7).

DRACHEN

Verfahren Sie wie beim Sonnenblumenmotiv.
Die Schneidefolge sollte hier folgendermaßen aussehen: Fenster, Innenlinien Mond, Innenlinien Schleifen, Innenlinie Drachen, restliche Felder.

Motivgröße

ca. 26,5 cm x 18 cm

Material

- Künstlerkarton in A4: schwarz
- Seidenpapierreste: gelb, rot, grün, braun und weiß
- Motiv-Transparentpapier in A4: Sterne

Vorlagenbogen 1B

Dekoration mit
Herbstbäumen
Beschreibung Seite 16

Motivgröße
ca. 39,5 cm x 14 cm

Material
- Künstlerkarton in A3: braun und grün
- Transparentpapier in A4: gelb, sonnengelb, orange, hellgrün und dunkelgrün

Vorlagenbogen 1B

Dekoration mit Herbstbäumen
Abbildung Seite 14/15

FENSTER-BAUMREIHE

Die Zeichnung auf dem Vorlagenbogen können Sie als endlose Schablone benutzen. Das heißt, Sie können das Motiv zum Beispiel auf die Breite Ihres Fensters ausrichten.
Schneiden Sie zunächst mit dem Cutter die Innenfelder der Bäume aus, danach die Außenlinien. Achten Sie beim Zusammenheften der beiden Kartonhälften darauf, dass sich möglichst zwischen allen Stämmen und Kronen eine Heftklammer befindet. Die Außenlinien lassen sich hier besser mit einem Cutter ausschneiden.
Beim Hinterkleben der einzelnen Baumkronen sollten Sie die verschiedenen Transparentpapiere miteinander kombinieren. So erhalten Sie z.B. einen schönen warmen Grünton, wenn Sie hinter einem hellgrünem Papier ein dunkelgrünes befestigen.
Wenn dieser Arbeitsschritt erledigt ist, können Sie die Baumreihe auf dem Gras befestigen und erst dann die zweite Hälfte des Kartonteils aufkleben. Schneiden Sie anschließend frei Hand aus mehrfach gelegtem Transparentpapier viele kleine Blätter aus. Wenn Sie einen Finger leicht anfeuchten, können Sie diese leicht aufnehmen, vorsichtig über den Klebestift ziehen und aufkleben.

KLEINER BAUMRING

Wählen Sie hierfür einen oder mehrere Bäume aus der Vorlagenzeichnung der Baumreihe aus. Legen Sie den Karton doppelt und schneiden Sie zunächst die Innen- und danach die Außenlinien des Baumes aus. Bekleben Sie die Fläche mit Transparentpapier und befestigen Sie den Stamm an dem zusammengefügten Grasring.
Wenn Sie den Baum zum Aufstellen benutzen wollen, können Sie die zweite Hälfte des Kartons an der Rückseite aufkleben. Für einen Serviettenring ist eine Hälfte ausreichend.

GROSSER BAUMRING

Verfahren Sie beim Ausschneiden der Linien wie bei der Fenster-Baumreihe. Die gestrichelte Linie auf dem Vorlagenbogen zeigt an, an welcher Stelle Sie Grasleiste und Baum zu einem Ring schließen können. Dieser Baum kann an der Anschlussstelle erst nach dem Zusammenfügen des Rings beklebt werden.
Bei diesem Motiv ist es nicht sinnvoll, die Rückseite mit der zweiten Hälfte des Karton zu bekleben, weil es sich dann nicht so gut zu einem Ring schließen läßt. Schneiden Sie es aber trotzdem doppelt, so erhalten Sie gleich zwei schöne Tischdekorationen!

Bäume mit Landschaft

Motivhöhe
ca. 10 cm – 11 cm

Material
- Künstlerkartonreste: braun und grün
- Transparentpapierreste: gelb, sonnengelb, orange, hellgrün und dunkelgrün

Vorlagenbogen 1B

Motivhöhe
ca. 12 cm

Material
- Künstlerkarton in A3: braun und grün
- Transparentpapier in A3: gelb, sonnengelb, orange, hellgrün und dunkelgrün

Vorlagenbogen 1B

Verfahren Sie hier wie beim Sonnenblumenmotiv auf Seite 13. Die Schneidefolge lautet folgendermaßen: Innenfelder kleine Bäume und Haus, Innenfelder mittlerer Baum und Wald, Innenfelder große Bäume von links nach rechts gehend, Himmel, restliche Felder von oben nach unten.

Die einzelnen Felder der großen Bäume wurden unterschiedlich beklebt. Einige Felder wurden nur mit orangefarbenem Bananenpapier versehen, die anderen zusätzlich mit gelbem Seidenpapier hinterlegt. Auch bei den zwei dunkler erscheinenden Grasflächen wurde die Wirkung des gelben Bananenpapiers mit gelbem Seidenpapier verändert. Für den Herbstwald habe ich verschiedene farblich passende Reste von Bananenpapier in kleinere Stücke gerissen und mit einem Klebestift überlappend zusammengefügt. Das hellblaue Seidenpapier für den Himmel wurde doppelt gelegt verwendet.

Zum Aufstellen des Transparents benötigen Sie einen 40 cm langen und 4 cm breiten Streifen aus braunem Karton. Falten Sie den Streifen in der Mitte und kleben Sie die beiden Hälften zusammen.

Knicken Sie an beiden Enden 2 cm des Streifens nach innen, bestreichen Sie die Rückseite der Enden mit Klebstoff und befestigen Sie sie am unteren Rand des Transparents (siehe Skizze auf dem Vorlagenbogen). Kleben Sie erst jetzt die zweite Kartonhälfte auf.

Motivgröße
ca. 42 cm x 29,5 cm

Material
- Künstlerkarton in A3: braun
- Bananenpapier in A3: orange, gelb, hellbraun und dunkelgrün
- Seidenpapier in A3: hellblau und gelb
- Seidenpapierreste: weiß und rot

Vorlagenbogen 1B

Kleine Laternen

REGENBOGEN- UND SONNENLATERNE

Schneiden Sie jeweils zunächst die Innenfelder des Motivs (Sonne, Regenbogen) und dann die restlichen Linien mit einem Cutter aus. Der Außenrand wurde hier mit einer Zackenschere ausgeschnitten. Zeichnen Sie die für beide Motive gleichen Mittelteile auf und schneiden Sie dann wie beschrieben deren Ränder ein. Biegen Sie die „Zähnchen" nach oben und befestigen Sie an diesen die runden Seitenteile. Der 1,5 cm breite Rand an den kurzen Seiten des Mittelteils wird nach dem Aufkleben der Seitenteile nach innen eingeschlagen und angeklebt. Hier können Sie bei Bedarf einen Draht zum Tragen anbringen.
Die gezeigten Modelle haben zu beiden Seiten das gleiche Motiv. Sie können die Bilder aber auch gut kombinieren.

SONNENLATERNE

Motivdurchmesser
ca. 17 cm

Material
- Fotokarton, geprägt, in A3: blau
- Seidenpapier in A3: gelb
- Motiv-Transparentpapier in A3: Wolken

Vorlagenbogen 1A

REGENBOGENLATERNE

Motivdurchmesser
ca. 17 cm

Material
- Fotokarton, geprägt, in A3: blau
- Seidenpapierreste: gelb, rot, orange, grün, hellblau, blau und violett
- Motiv-Transparentpapier in A3: Wolken

Vorlagenbogen 1A

Mein Tipp:

Diese vier Laternen eignen sich besonders gut für kleine Kinder. Sie sind sehr leicht und können gut getragen werden.
Denken Sie daran, einen kurzen Laternenstock zu verwenden und benutzen Sie für die Beleuchtung eine elektrische Lampionkerze. Selbstverständlich können die Laternen auch zur Tisch- und Raumdekoration verwendet werden.
Wenn Sie, wie in der allgemeinen Anleitung erwähnt, ein kleines Glas mit einem Teelicht hineinsetzen, lassen sich auch die runden Laternen gut aufstellen.

STERNENLATERNE

Motivhöhe
ca. 17 cm

Material
- Fotokarton, geprägt, in A2: violett
- Seidenpapier in A3: weiß
- Motiv-Transparentpapier Sterne in A3: violett

Vorlagenbogen 1A

STERNENLATERNE

Bei der Herstellung dieser Laterne gehen Sie bitte nach der Anleitung für die „Regenbogen- und Sonnenlaterne" vor. Der einzige Unterschied besteht darin, dass der äußere Rand nicht mit einer Zackenschere ausgeschnitten wird.

MONDLATERNE

Schneiden Sie zuerst den Bodenkreis doppelt aus. Biegen Sie die Zähnchen nach oben. Von dem Motiv-Transparentpapier benötigen Sie einen Streifen von 16 cm Breite und 44 cm Länge. Übertragen Sie die Vorlage für den Mond zweimal auf den Karton und schneiden Sie dessen äußere Linie aus. Kleben Sie die Monde auf das Motiv-Transparentpapier und schneiden Sie die Innenlinien mit einem Cutter aus. Hinterkleben Sie nun diese Fläche mit weißem Seidenpapier. Rollen Sie das Transparentpapier zusammen und stellen Sie es auf den einen der Kreise mit den nach oben gebogenen Zähnchen. Entrollen Sie das Transparentpapier langsam, bis es innen an die Zähnchen stößt. Sichern Sie diese Position mit einer Büroklammer, so können Sie die genaue Klebenaht bestimmen. Nach dem Zusammenkleben der Rolle befestigen Sie die Zähnchen mit Klebstoff. Verstärken Sie den Boden der Laterne mit dem zweiten Kartonkreis. Schneiden Sie dann die zwei schmalen Streifen aus. Befestigen Sie den mit den ausgeschnittenen Zähnchen versehenen Streifen am oberen, inneren Rand der Laterne, sodass diese nach außen gebogen und dort festgeklebt werden können. Zum Schluss werden die beiden restlichen Streifen ohne Zackenrand am oberen und unteren Rand befestigt.

MONDLATERNE

Motivhöhe
ca. 16 cm

Material
- Fotokarton in A3: rot
- Seidenpapierreste: weiß
- Motiv-Transparentpapier Sterne in A3: rot

Vorlagenbogen 1A

Transparenter Herbstbaum

Schneiden Sie das Motiv nur einfach aus. Entfernen Sie zunächst mit dem Cutter die innen liegenden Felder. Setzen Sie dafür das Schneidemesser immer in der Gabelung der Äste an und schneiden Sie die Linien bis zur Spitze ein.

Für die Blätter finden Sie auf dem Vorlagenbogen ein Muster, von dem Sie sich eine Schablone aus Karton anfertigen sollten. Allerdings können Sie die Blätter auch ohne Vorlage ausschneiden; denn diese müssen durchaus nicht alle gleich groß sein. Die Verteilung der Blätter an den Zweigen können Sie laut Vorlage oder nach eigenen Wünschen gestalten.

Um bei dem Baum mit Blättern aus Bananenpapier zwei harmonierende Farbtöne zu erhalten, habe ich einen Teil des Bananenpapiers mit gelbem Seidenpapier hinterklebt. Damit die Blätter aus Faserseide stabiler werden, können Sie vor dem Ausschneiden zwei Bogen der gleichen Farbe mit einem Klebestift aufeinander kleben.

Motivgröße

Ein Baum mit Grasfläche ca. 30 cm x 55 cm

Material

- Fotokarton in A3: braun
- Bananenpapier in A3: gelb
- Seidenpapier oder Faserseide in A3: gelb, orange, rot und hellgrün

Vorlagenbogen 2A

Mein Tipp:

Gelegentlich befestige ich solche Fensterbilder nicht mit einem Faden, sondern direkt mit einem wasserlöslichen Klebestift auf der Fensterscheibe. Die Klebereste lassen sich beim Abnehmen des Motivs leicht vom Glas entfernen.

Kartengröße
15 cm x 21 cm

Material

GELBE KARTE
- Wellpappe in A4: gelb
- Künstlerkartonreste: braun und gelb
- Bananenpapierrest: orange

GRÜNE KARTE
- Wellpappe in A4: grün
- Künstlerkartonreste: braun und blau
- Bananenpapierrest: grün

Vorlagenbogen 2A

Karten mit Herbstbaum

Zeichnen Sie auf die Rückseite der Wellpappe die Maße der Karte auf. Schneiden Sie die Linien mit einer Schere aus. Falten Sie die Karte und zeichnen Sie auf der Rückseite einer Hälfte die Umrisse des Ausschnitts (7,5 cm x 10 cm) auf, wobei der untere Kartenrand hier 3 cm breit sein sollte.

Schneiden Sie nun aus dem gelben Künstlerkarton das Innenblatt mit den Maßen 13 cm x 19 cm aus. Falten Sie es ebenfalls und legen Sie dieses in die Karte. Bestimmen Sie anhand des Ausschnitts, an welcher Stelle der orangefarbene Untergrund positioniert werden muss und kleben Sie ihn auf. Befestigen Sie das Innenblatt mit Klebstoff in der Karte.

Schneiden Sie mit einem Cutter den Baum und mit einer Schere die kleinen Blätter aus und befestigen Sie diese mit einem Klebestift im Kartenausschnitt.

Laterne mit Herbstbaum

Hier finden Sie den transparenten Herbstbaum von S. 21 im Kleinformat. Die Laterne ist als fertiger Zuschnitt ursprünglich für Windowcolor-Arbeiten gedacht. Alle erforderlichen Teile befinden sich in der Bastelpackung.

Probieren Sie vor dem Aufkleben anhand der Ausschnitte im Karton aus, an welcher Stelle Sie den Baum auf der Folie befestigen müssen. Das Aufkleben der kleinen Blätter erfordert ein wenig Mühe, aber die fertige Arbeit lohnt den Aufwand! Verfahren Sie mit dem Anbringen der Blätter wie beim Fenster mit Baumreihe (S. 16/17).

Wählen Sie für die Färbung der Blätter für jeden der vier Bäume verschiedene Versionen, z.B. gelb – orange oder gelb – grün. Kombinieren Sie ggf. verschiedene transparente Papiere.

Motivhöhe
ca. 18 cm

Material
- Bastelpackung Laternenzuschnitt für Windowcolor-Arbeiten in Gelb
- Künstlerkarton in A3: braun
- Bananenpapier- und Faserseidereste in Herbstfarben

Vorlagenbogen 2A

Kleine Kürbislaternen

Beide Laternen besitzen die gleiche Grundform. Schneiden Sie die innen liegenden Linien jeweils von oben nach unten mit dem Cutter aus, die Außenlinien werden mit einer Schere geschnitten.
Fertigen Sie die Mittelteile und schneiden Sie deren Ränder ein. Biegen Sie die Zähnchen nach innen und befestigen Sie an diesen die Seitenteile. Schlagen Sie danach den 1,5 cm breiten Rand der kurzen Seiten nach innen und fixieren Sie ihn.
Schneiden Sie Blätter, Stiele und Ranken mit einer Schere ebenfalls doppelt aus und bringen Sie diese laut Foto an.

Mein Tipp:
Da der hier verwendete Karton leicht durchscheinend ist, können Sie die Rückseiten der Laternen auch ohne Gesicht gestalten und diese statt dessen mit zwei Blättern und drei Ranken verzieren.
Sie können dann z.B. mit einer Schablone zwei verschiedenfarbige Kürbisse arbeiten, indem Sie einen gelben und einen orangefarbenen Karton übereinander heften und das Gesicht ausschneiden.
Für die Rückseiten benötigen Sie dann nur noch eine Schablone mit den Außenlinien der Laterne.

Motivgröße
ca. 13 cm x 16 cm

Material
- Künstlerkarton in A3: gelb, orange, olivgrün und tannengrün
- Transparentpapierreste: gelb und orange

Vorlagenbogen 2B

Kürbis-Lichterkette

Für die Herstellung der kleinen Kürbisse stehen Ihnen vier Grundformen in jeweils drei Varianten zur Verfügung. Um eine größere Farbauswahl zu bekommen, habe ich hier zwei Kartonarten gewählt. Weil die Formen sehr klein sind und nicht sehr stabil sein müssen, eignet sich hier auch Tonpapier.
Durch verschiedene Kombinationen der Karton- und Papierarten und die variable Ausführungen der Grundformen können Sie eine beliebige Anzahl unterschiedlicher Kürbisse herstellen. Je nach Anzahl können Sie dann auch Ihren Materialverbrauch abschätzen.
Übertragen Sie die Schablone auf den Karton und falten Sie ihn dann, sodass er doppelt liegt. Schneiden Sie mit einem Cutter die innen liegenden Felder heraus. Schneiden Sie mit einer Schere entlang der Zähnchen zunächst nur die äußere Umrandung. Bitte beachten Sie dabei, dass der obere Teil des gefalteten Kartons unbedingt geschlossen bleiben sollte.
Schneiden Sie nun die kleinen Zacken heraus. Dabei sollten Sie darauf achten möglichst genau bis an die eingezeichnete Linie zu schneiden. Erst danach wird der Rest der Außenlinie geschnitten. Bekleben Sie die inneren Ausschnitte der beiden Hälften mit transparentem Papier und biegen Sie dann die Zähnchen nach oben.
Schneiden Sie entsprechend der Nummerierung auf dem Vorlagenbogen einen Streifen Karton zum Zusammenfügen der beiden Teile aus. Ziehen Sie den Streifen zwischen Zeige- und Mittelfinger hindurch, sodass er schon eine gebogene Form erhält. Knicken Sie ein Ende des Streifens etwa 1 cm breit nach innen.
Tupfen Sie nun auf jedes Zähnchen ein wenig tropffreien Klebstoff und beginnen Sie damit den Streifen um die Kürbisform zu legen.

Motivhöhe der kleinen Laternen
ca. 5,5 cm – 7 cm

Material für ein Teil
- Fotokarton, geprägt in A4: gelb, orange oder grün
- Künstlerkarton in A4: gelb, orange, hellgrün und dunkelgrün
- Seidenpapier- und Faserseidenreste: gelb, orange, rot und grün

Vorlagenbogen 2B

Bitte beachten Sie:
Das oberste Zähnchen wird genau in die durch das Falten des Streifens entstandene Ecke platziert. Biegen Sie den gefalteten Teil nach innen (nicht ankleben) und drücken Sie diese Stelle mit Zeigefinger und Daumen fest zusammen. Wenn dieser Teil angebracht ist, können Sie den Streifen rundherum ankleben und dessen Rest ebenfalls nach innen falten und andrücken. Dadurch, dass Sie Anfang und Ende des Streifens nach innen falten, erleichtern Sie sich die Herstellung der Form wesentlich.
Sie können nun die zweite Hälfte des Kürbisses gut einfügen, indem Sie dessen obere Zähnchen ebenfalls in den Knick platzieren und fest andrücken.
Es ist nicht so wichtig, dass alle Zähnchen rundherum fest am Kartonstreifen sitzen. Entscheidend ist, dass die oberen und einige in der unteren Mitte der Form gut befestigt sind.

Kleben Sie zum Schluss die Stiele an die kleinen Lampions und verzieren Sie diese mit Blättern und Ranken. Für die Herstellung der Ranken schneiden Sie schmale Streifen aus Kartonresten, wickeln diese fest um ein Schaschlikstäbchen und streifen sie dann ab. Die kleinen Laternen können sie dann – wie Perlen auf einen Faden – über eine Lichterkette ziehen und von innen beleuchten lassen.

Kürbisdekoration

TISCHKARTEN

Für die Tischkarten wird das Blatt doppelt ausgeschnitten. Formen Sie eine Ranke und fügen Sie diese beim Zusammenkleben der Stiele und der oberen Hälfte der Blätter mit ein.
Nach der Beschriftung wird der untere Teil des Blattes zum Aufstellen ein wenig auseinander gezogen.

Mein Tipp:

Zur Vervollständigung der Dekoration können Sie noch einige Blätter mit Ranken auf dem Tisch verteilen.

Motivgröße
ca. 6 cm x 11,5 cm

Material
- Künstlerkartonreste: grün

Vorlagenbogen 1B

TISCHLATERNEN

Die Tischlaternen werden aus acht Teilen zusammengesetzt. Jede der zwei Schablonen benötigen Sie deshalb viermal. Gehen Sie beim Ausschneiden der Teile nach der in der Anleitung für die Kürbis-Lichterkette (S. 26/27) beschriebenen Methode vor, so brauchen Sie nur vier Teile auszuschneiden. Sichern Sie die aufeinander liegenden Kartonhälften zusätzlich mit Heftklammern. Geben Sie den einzelnen Teilen vor dem Hinterkleben mit Faserseide eine runde Form, indem Sie sie zwischen Zeige- und Mittelfinger hindurch ziehen.
Befestigen Sie nun abwechselnd ein Teil mit Zähnchen an einem ohne diese. Achten Sie dabei darauf, dass die Spitzen immer nach unten zeigen. Biegen Sie anschließend zunächst die Spitzen der Teile ohne Zähnchen nach innen, danach die restlichen. Befestigen Sie am Boden die achteckige Form. Falten Sie auch die oberen Ränder wie oben beschrieben nach innen und kleben Sie diese an.
Verzieren Sie die Laternen zum Schluss mit Blättern und Ranken (Anleitung siehe Kürbis-Lichterkette).

Motivhöhen
ca. 9 cm und 11 cm

Material
- Fotokarton, geprägt, in A3: orange, gelb und grün
- Faserseide in A3: gelb und orange

Vorlagenbogen 1B

Laterne mit Weintrauben

Schneiden Sie zunächst das Gitter der Seitenteile mit einem Cutter aus. Arbeiten Sie dann die Außenlinie mit Schere oder Cutter. Fertigen Sie das Mittelteil laut Vorlage und bekleben Sie alle drei Teile auf der Rückseite mit gelber Faserseide. Biegen Sie die Zähnchen der Seitenteile nach oben und befestigen Sie das Mittelteil daran. Die auf der Vorlage eingezeichneten 1,5 cm breiten Enden werden nach innen eingeschlagen und ebenfalls angeklebt.

Schneiden Sie die Blätter und Ranken aus Künstlerkarton und die Trauben aus Faserseide in der erforderlichen Anzahl aus und deuten Sie mit einem feinen schwarzen Stift die Trauben an. Befestigen Sie danach alle Teile Ihrer Laterne.

Karten mit Weintrauben

Schneiden Sie eine Karte mit den Maßen 15 cm x 21 cm aus dem Künstlerkarton. Falten Sie diese in der Mitte und zeichnen Sie auf der Innenseite mit einem Lineal den Ausschnitt in der Größe 8 cm x 10,5 cm.

Motivgröße
ca. 17 cm x 22 cm

Material
- Künstlerkarton in A3: dunkelgelb, olivgrün und braun
- Faserseide in A3: gelb und violett

Vorlagenbogen 2A

Pausen Sie in dieser Größe einen Teil des Gitters von der Vorlage der Laterne ab, übertragen dieses in den eingezeichneten Ausschnitt und schneiden es mit dem Cutter aus.
Fertigen Sie ein Innenblatt in der Größe von 13 cm x 19 cm und befestigen es in der Innenseite der Karte. Schneiden Sie aus Bananenpapier Blatt, Traube und Ranke aus und kleben Sie diese auf.

Blätterkranz
Abbildung siehe auch Seite 32

Schneiden Sie die inneren Felder und die Felder zwischen den Blättern mit einem Cutter ringsherum heraus. Entfernen Sie dann ebenfalls mit einem Cutter die Mitte und arbeiten Sie danach den äußeren Rand. Bekleben Sie die Felder wahlweise mit Seidenpapier oder Faserseide und kleben Sie zum Schluss die beiden Kartonhälften zusammen, wenn Sie den Kranz beidseitig arbeiten möchten. Beachten Sie bitte, dass Sie in diesem Fall die Materialangabe für den Fotokarton verdoppeln müssen. Wenn Sie den Kranz an einer Wand aufhängen möchten, brauchen Sie den Karton nur einfach auszuschneiden.

Mein Tipp:
Auch für die Dekoration eines Herbsttisches eignet sich diese Arbeit. So können Sie zum Beispiel einen Obstkorb in die Mitte des Blätterkranzes stellen.

Kartengröße
15 cm x 21 cm

Material
BRAUNE KARTE
- Karton in A4: braun
- Faserseidereste: gelb, braun und grün

GELBE KARTE
- Karton in A4: gelb
- Faserseidereste: grün, braun und violett

Vorlagenbogen 2A

Motivdurchmesser
ca. 40 cm

Material
- Fotokarton, geprägt, in A2: dunkelgelb
- Faserseide in A3: gelb, hellorange, orange, rot, braun und grün

Vorlagenbogen 2A

Blätterkranz
Beschreibung Seite 31

Motiv-durchmesser
ca. 40 cm

Material
- Fotokarton, geprägt, in A2: rot
- Seidenpapier in A3: hellgelb, gelb, orange, rot, braun und grün

Vorlagenbogen 2A